ODES,

D'ALBONI.

Prix : un Franc.

NISMES,
Veuve Gaude, Imprimeur.

1840.

SUR L'HARMONIE.

ODE.

Sévère vérité codore mon hommage,
Je veux prendre ton Iris.
Le jour de la vertu sa fidèle image.
L'amour d'Apollon le célèbre Memphis.
Qu'elle loi plus belle plus chérie,
Que celle du héros de la tendre harmonie!
Ces airs vous ordonnent le noble état.
Il est aux astres du ciel, ce trophée suprême ?
L'art divin en occupe le diadême !
Que rehausse l'amour et le Dieu du combat.

Vous faut-il un instant arrêter la colère ?
Maîtriser le tumulte profond.
Bannir le droit sacré, l'instituer sévère.
Du seul coup le maître des Dieux vous répond:
Que l'ordre n'est point assez suave :
Alors ce qui rend le soupir à l'esclave,
S'il ordonne de suivre l'arrêt du doux festin ;
Paraît au protée d'or et de puissance !
Quand c'est la sœur des arts qui d'avance !
Aimante de son luth, le suplice divin.

J'ai vu dans le désert s'émouvoir de prestiges,
Le plus féroce habitant de ces lieux !
J'attendis sur le bord, de ces doctes prodiges,
De connaître encore les élans doucereux.
Il était en espoir de suivre sa cabale !
De plaire à son ennemi ? loi rivale !
De celle du transport que gouverne l'art.
Son être fut coupable, un instant de divorce !
Il allait, mais les airs d'Euriphon, de sa force,
Calmèrent les venins en dorèrent dard.

Mieux qu'Isis je dois vous être sortable.
Le courroux du ciel vient-il à voiler,
Le temple de ces Dieux, l'urne est-elle stable !
Au lieu de son Egide ou bien est-elle au foyer ;
D'où répond un instant le tumulte terrible.
Hé bien ! ce ressort de la gloire invincible,
S'appuie sur son alphée déroule son trésor.
Saisit son clavecin entonne son offrande.
Ce que Dieu dit est, ce qu'elle élit, commande,
Et rend la paix à l'âme, et l'amour à son or.

A sa voix les chérubins se turent !
Elle seule de sa lyre parla.
Sur l'autel, le seuil du temple alors parurent
Les séraphins du ciel que Nisis contempla.
Les pilastres d'enfer dissipèrent leur nombre !
Le salut divin exauça cet encombre.
L'art seul alors dépassa son serment
Là où régnait l'erreur s'établit son otage.
L'urne reprend son encens, son hommage ;
Et le flambeau du ciel replaça l'ornement.

Majesté d'Apollon que Vénus vous implore !
Qu'elle le fasse par cet émoi.
Ah ! oui ce qui est divin et sonore !

Peut-il être précieux , sans cette docte loi.
L'art à jamais n'a cessé de l'élire.
La fortune, l'envie , la prouesse l'inspire !
C'est une passion d'Érée que créa Memnosis.
Les temples d'Apollon en émurent le monde.
Elle appartient aux Dieux calmes l'ordre de l'onde.
Lorsque c'est du héros la formule d'Isis.

Même loi paraît sanglante perfide !
Un combat s'élève sur l'Autan ;
Ce collosse vainqueur des forces d'Heraclide !
Ne peut point colorer son ordre étincelant.
De la double émotion de l'admettre.
D'un seul instant je vis alors paraître
Dix chérubins d'or élevés du soleil ;
D'un hetagone dosib en parure divine.
Que recevant l'encens de l'auguste vermeil.
Pour orner l'harmonie sur le temple d'Egine.

Tout s'en émeut jusqu'aux peuples barbares.
Le noble habitant de Leuxin !
Comme celui d'Italie où des peuples tartares.
En reçoit les accords et le trophée divin.
Quelle loi plus divine et plus belle ?
Que celle qu'inspire l'art et l'harmonie fidèle ,
A ce Dieu de Thémis qui vainquit le bouclier.
Du Titan de la terre de l'attride d'Europe,
Qui remit le mortel au sommet du Rodope ,
Dans le temple divin ou s'élit le guerrier.

Effet miraculeux pour le jeune Bulgare,
Déjà son destin se dore de son art.
Il est victorieux du jaloux du bizarre
Et ordonne à son choix le suprême regard !
D'une belle jeune grecque que couronne ;
La docte sœur du Parnasse Dodonne ,

Au front paré du sublime diamant.
Le fidèle héros qu'inspire l'harmonie ,
révolté de l'amour bannit sa tyrannie ,
Pour suivre de Thémis le trône ravissant.

Vous doctes sermens qui guidez sur le pinde ,
Sur les sommets divers de l'Hélicon !
D'où venez-vous, et vous sages de l'Inde ?
Que vous a inspiré la sublime oraison.
Si ce n'est ces flots divins de l'harmonie.
Cette ame du savoir ce guide du génie.
Qui honorez-vous autels de Memphis ?
L'écho divin parlera sous ses pilastres ,
Le soleil aussi, ce Dieu géant des astres ,
A conçu de l'accord les dogmes infinis.

Déesse du Labrador Dieux divins de la Thrace !
Apollon, Vénus , vous divines déités !
Qui régnez dans les cieux sur les pôles d'Alsace ,
Vous aussi peuple du Nord des âges révérés ,
Quel est le serment qui vous prône sans cesse.
Je me tais l'harmonie en offre l'allégresse.
Son trône vous la montre à côté des grauds rois !
Ses goûts sont ceux du monde élevé de fortune ?
Toute autre foi non n'en est pas une.
Sans les vives clartés que déroule ses lois.

Aussi que d'émotions , de verve soulevées !
Les flots du Rhin n'en élèvent pas plus.
Ses effets sur l'homme font naître ses pensées :
Celles surtout que dictent les vertus.
Toi belle Vénus guide ici cet otage !
Ce trophée de l'honneur cette lyre du sage!
Le monde est comme un fleuve que le torrent grandit
Heureux ceux qui en trouvent la fierté féconde.

C'est le Dieu de l'amour qui en argente l'onde;
Lorsque le flot divin par elle est ennobli.

Orca, Oroës, Urinde, Euphèmone,
Toutes filles du ciel de la tendre harmonie.
Elèvent sur l'Iris la Guirlande que donne.
Le Dieu de ces concerts en docte mélodie.
Toi grand art de combattre la crainte!
Toi qui captiva Merodis dogme de Corinthe!
Viens-tu en ce jour me ravir tes accords.
Déjà ma rime est par toi délaissée..
Mais l'ombre seule de ta pensée,
Sert mon guide et mon luth et orne tes trésor.

Vient-elle me dicter l'aveu de Thersidale.
Ses refrains sont toujours colorés!
De la pourpre des rois sa lyre triomphale;
Sur le docte serment en orne le proté..
Souvent on voit sur la fière prêtresse !
Le rayon de sa loi ou d'auguste allégresse,
Qui brille son éclat en suave festin.
Mais le plus noble trait qui parle sa puissance,
C'est celui de Memphis que l'art divin encense.
Pour élire du roi le fidèle destin.

Qui ne l'élirait cette docte harmonie !
Puisque les Dieux s'en servaient.
Lorsque du très-haut la troupe fut choisie ;
Pour chanter de ses dons l'oracle et son décret.
Comme eux de Memphis les fidèles à son temple.
En honorent les lois en ordonnent l'exemple.
C'est par ses actions que l'on sourit l'éclat,
Du plus fortuné des arts que guide sa prouesse.
Il n'est plus de tournoi que sa loi ne professe.
Sur les hôtes rivaux du sublime combat.

Hôtes du fier Arcton de Pégase sévère.
Habitans du fier Olympe d'Osiris !
Quelle est votre fierté quand le divin mystère ,
Sur le trait olympien vous offre ses partis.
Une nuée d'accords élève votre fête ,
Du trône de Memphis captive la conquête.
Le protée s'y convie aux célestes échansons !
Sa loi est toute d'art et parée de l'estime ,
Que révère les cieux, l'hémisphère sublime :
Quand la docte harmonie en aimante les sons.

Désormais tout est brillant de parure !
L'air argente l'aimant des cieux.
Le vallon peint de roses embellit la nature !
Par la noble promesse des sons harmonieux:
Le troisième horizon fend l'éclat qui le dore.
Le jour paraît plus divin sur l'aurore.
Et règne aux mille flammes éclatant la candeur.
Tout est divin brillant du diadème ;
Qu'a préparé l'éclat dû au trône suprême ,
Du divin Apollon pour son règne vainqueur.

Vous filles du ciel que l'aurore destine !
Aux arts et à la docte déité.
Veillez au fleuve d'or que l'harmonie décline ,
A la pourpre des rois au rivage doré.
C'est par ses sons que s'émeut une armée ,
C'est par les arts l'auguste foi jurée.
Sur le mont Hélicon que l'on gagne un combat.
Viendrait-tu d'un seul jour pour le détruire.
Alcée , Oriphon, Orande de Lépire ,
D'un seul coup de l'orer enfreindrait ton état.

La Parque , le Caron, la froide Tésiphare :
Mars, Vulcain, et le roi du bas-fond ;
Neptune des enfers, l'habitant du tennare ,

Existe sur les mers dans le gouffre profond.
Là aussi se voit en harmonie.
La femme d'Erectonius renvoyant la furie.
La belle Oronis aux cheveux blonds d'Isis.
Qui émerveille d'art le rivage d'Euside !
Il est dans ces étangs autre sombre tauride ,
Qni s'élève de lois devant Hiéropolis.

Eh bien le noir ébat suspend ses sacrifices !
L'averne ne tonne plus.
Les enfers du rempart de ses sombres édifices ,
Fait entendre à tes rois de tes nobles tribus !
Belle harmonie la merveille sévère.
Pluton des enfers arrête le mystère.
Sur la terre ses sons évitent le fatal sort.
Aux enfers ils arrêtent les désastres terribles.
Ah ! bel art que tes dons tes lois irrésistibles.
Tout finit ses arrêts pour ravir ton accord.

Urinde était assise au trône de merveille !
Le luth du Labrador jouait.
Le combat d'Euridor larnus est d'or ne veille ?
Que le jeuue Phoras qui parfois éludait.
Vaste plage de la docte Elosine.
Qnelles furies temple divin d'Egine !
Vos pilastres brillant l'art divin de ces lieux ;
Elèvent en faisceaux l'urne d'Urin chérie ,
Ou s'élisent sacrés l'art et l'harmonie ;
Ponr former de l'étang un autre ordre des cieux.

Le soleil de ses traits éclaire d'autres mondes !
Il surpasse les cieux de ces rayons.
Il atteint d'un seul coup les demeures profondes.
Comme l'éclat géant des divers horizons !
Aucun hôte sans l'art , frère de l'harmonie.
N'est connu dans les cieux sur la terre infinie.

Si ce n'est l'être athée de son or.
Ah toi mortel qui que tu sois écoute.
Ces sons miraculeux qui forcent la redoute,
Et évoque des arts le sublime trésor.

ALBONI, auteur.

LE MATIN.

Quelle douce émotion quand la lumière !
En rayons radieux embellit la carrière.
Ou lorsque le soleil paraît étincelant ,
Des traits qui le dorent alors l'élément.
Vient de changer d'aspect et règne sur la terre ,
En oracle divin ô profane mystère ?
Qne tu est beau et rêveur à la fois.
Ton astre étonne l'homme , parle ses lois.
Il n'est qu'un seul instant pour le connaitre.
Déjà le char rayonne et ce grand maître ,
Dévance du coup les coupables mortels.
Pénètre dans le temple , l'idole des autels.
N'est point sans ses effets à l'obscur du dogme.
On le trouve partout , ah , oui c'est comme !
Un Univers nouveau, qni paraît chaque jour.
Un Dieu de Thémis ; ou un nouveau séjour !
Tant est grand ce tableau de demeure rivale.
Le choix est ravissant, la beauté égale ;
Au cortége divin du Dieu de majesté ?
Comme lui il ordonne de son culte sacré ,
La première impression à l'hôte qui l'implore.
Précieuse déité son disque se colore.
A mesure qu'il monte sur le vaste horizon.
Mais déjà son feu atteint sur le fronton.
L'athée ne peut opter son regard tolérable.
Comme lui le Chinois le revoit admirable !
Ah ! Dieux qni protégez les concerts du destin.
Honorez-vous celui dont le matin ,
Vous offre en airs mélodieux la docte stance.
J'aime le repos ou la nonchalance.

Pour écouter actif la candeur de l'oiseau.
La vérité parle, en son bruyant tableau.
Que d'effets variés par son art, son envie ?
Il ose tout dicter, aucune mélodie !
N'est plus en vigueur que par sa loi, son art,
Jétais à l'entendre au-dessus du rempart.
Dont je jouissais du nouveau diadème,
Quels effets me disai-je que son ordre suprême ?
Le laboureur avide à former ses guerrets.
Le chasseur à sa proie va voir là-bas ses rêts.
Tout enchante d'amour et de parure.
Je te reconnais flambeau de la nature !
Pour le seul élan suprême le plus grand.
Que doivent émerveiller l'atôme le géant.
Comme ici de tes lois l'homme au loin s'en étonne.
J'entendis du bruit d'alcador, la furtive gorgone.
Des antres de la terre s'émouvoir s'ébaïr !
Le fleuve comme l'étang ont appris à servir,
Ton hommage divin que Vénus ambitionne ?
Le berger est déjà sur la côte il ordonne
Au chalumeau champêtre ses timides accens.
C'est le jour de Thémis, et ses yeux ravissans.
Vont apprendre à parler au prophète d'Asie.
Qu'Almare soit timide, il apprend l'ironie.
Ses nouvelles saillies s'élèvent de son or.
Le soleil fait tout renaître d'ivin trésor ?
Son habit teint les cieux, et combat à l'athée.
C'est le char du soleil qui dicte la journée.

ALBONI, auteur.

SUR LA PRISE D'ALGER.

O Paris que de fois ton rempart de victoire !
Et tes cents édifices ont vu.
Battre l'ennemi protéger le vaincu.
Et marcher triomphant au temple de la gloire.
Sans jamais régner sur l'Arabe tribu.

Mais cette fois l'on montre au plus sévère ,
L'art divin du combat !
On menace en guerrier le Dey et son état.
Il attend en défi les chances de la guerre ;
Et méprise en ennemi le héros le soldat.

De tous côtés l'on voit la déesse Bellone.
En éclat divin de fierté !
Briller sur l'horizon d'obélisque éclairé.
Et de feu du combat que Neptune couronne ?
Du chemin de l'immortalité.

O toi qui les guidas valeureux de la France !
A ce trophée de l'honneur.
Noble rang sur le môle admirateur ;
Valut au soldat la sévère vengeance ,
Et la belliqueuse valeur.

Puissante vérité qni éclaires le sage !
Rends-moi aujourd'hui ton pinceau !

Le jour luit plus brillant et plus beau,
Le coloris sacré de cette docte plage ,
Qui oppose de France le sonore tréteau.

L'armée est au camp du roi toujours prête,
    A combattre pour son pays !
Pas un seul des héros dans les rangs ennemis.
N'a trahi son drapeau, ni flétri sa conquête,
Que tant d'autres avant eux avaient alors omis.

L'on part , l'on est parti ; la bataille sacrée ,
    N'est point sans fureurs sans ébats?
    L'on voit au vaisseau l'espoir de deux états.
Le Français tient son sort de Vénus éplorée!
Et du maître des Dieux qui guide les combats.

Hélas France ton rang prend place d'arme !
    La voile ouvre son trésor.
Tout brille la fortune, la victoire , et l'or !
S'il est un seul cri funeste en alarme ?
    C'est du vieux Silenne qu'en arrive l'essor.

Sévère épopée toi dont le festin guide ?
    Et le roi le héros.
Combien de prestiges reçus du bas-fond d'Eurinos.
L'on anime ta loi, brigue lespéride ;
Et soulève en allant les refrains triomphaux.

Mais encore l'éclat de l'armée ravissante ?
    N'a point gêné l'Africain !
    Bientôt d'un jour l'on arrive au Thébain.
Toujours c'est la valeur qui agite l'attente.
Dans cette noble ardeur de subir le destin.

Mille écueils en aloi agitèrent ta course !
    Toi Anglais qui la cannona.
Tu fus repoussé , et la mer te protégea ?
Tes canots sur le Turc vont amarer vers l'Ourse.
    Ecoute la foi du reçu d'Ulloa !

L'avarie fut ici comme au détroit du monde :
     Régulus s'en est plaint.
D'autres merveilles l'on surprit il appartint?
Au doge , au tyran de la terre de l'onde ;
     Lorsque en géant la flotte y advint.

Deux fois l'on vit Phébus au dogme du pilastre ,
     Le trait de ses rayons.
Chaque jour le festin entonna ses clairons.
Pour vous sévère loi qui voilez le désastre ;
Pourquoi omettriez vous le destin des canons.

La bataille est sanglante à sa muraille ?
Le rempart est fumant de l'éclat des débris.
Alger est en courroux de combattre Paris.
Tant est funeste l'horrible repressaille !
     Quand c'est un roi qui guide les partis.

Vous augustes chefs., amiraux, généraux d'armes !
     Tout est valeureux vaillant !
L'on aperçoit le trait du cidiste sanglant.
Qui prévient la déité de finir ses alarmes.
Au fond du bas Sirtape ou siège son serment.

Le canon a grondé , le Français est suprême !
     L'armée est pour son général ?
Quel est le chef de ce combat , cet amiral ?
C'est celui que la victoire à son diadème !
A promis le faisceau d'or de ce siège naval.

Tantôt c'est la fureur qui guide cette armée !
     D'autres fois la fierté son atour.
     Est-ce au sublime abord du brillant jour !
Que les cieux ont doré l'auguste renommée :
     La déesse du céleste divin séjour.

Le bruit continue à gronder Urinare.
     Le faisceau est vainqueur sans effort !

On double de canons et la plage et l'abord.
Pour éviter la surprise du Tartare.
   Ou le feu meurtrier qui répondait du fort.

Cette ville a sur l'Autan le château de merveille.
   Jamais aucun fort n'eût plus de bastions !
C'est la cité d'Oscar le drapeau des nations.
En argente à présent la coupole pareille :
Aux deux aigles d'opis que veillent les factions.

Mais ô toi docte monarque qui déploie ?
   La force le pouvoir du fameux héros ?
Omets-tu que le retour de Paphos.
T'émerveille d'une nouvelle Troie !
   Qui vivra sur les cendres des plus nobles amiraux.

Six cents coups de canons reçoivent son attente.
   Déjà l'on combat en Amont.
Du côté de la mer le tumulte répond ;
Au trait de l'Africain que foudroie d'épouvante ,
Jusqu'au pôle d'osis au miracle fécond.

Guerriers , héros convient à la victoire.
   Fantassin et cavalcadour ,
On brave le danger , on attaque de jour.
Et chaque fois l'on fait preuve de gloire.
Telle fut des guerriers la faction du contours.

Mille éclats ont croisé l'horizon , l'étendue ,
   Les feux du ciel sont illuminés.
De mille autres feux de bombes déjà brûlés
Qui reçoivent du bord la sévère venue.
Et menacent partout le bataillon carré.

Le destin a porté le nombre épouvantable.
   L'armée combat en avant.
L'Africain est brave , le Français plus vaillant.
   Quelle force redoutable !
Quand c'est deux aigles que disputent leur serment.

Africain , Indoustans, Thèbains , Arabes !
    Français te commandent de fuir.
Ah ! déjà j'entends l'air au loin gémir ,
Du sanglot étouffé de ce pôle d'esclaves ;
    Qui se battent pour leur grand visir.

Le Turc , le Solimien , l'Egyptien de même ?
    Ordonne au rang du combat ?
Notre armée répondit l'amiral de l'état !
Te suivra à ton rouge diadème ?
Comme au môle d'Asie s'élit le consulat.

    D'un seul coup la Vénus d'Euribante.
    Perce le rang du vainqueur.
    Fuit le pôle rayonne le bonheur.
Des traits de son émoi que l'univers rabante.
    Sur le char de Jupiter vainqueur.

Tel le maître des Dieux commande au tonnerre.
    Ou le mortel gémit sanglant ?
De même le tournois roule ainsi vaillant ;
Et du feu de ses traits épouvante la terre ;
Qui tonne de faction sur le soldat assaillant.

Oh monarque grand roi que l'Univers contemple !
    Toi qui envoie ces héros ?
Cette armée en Afrique au somptueux échos ?
Reçois le docte éclat du sublime exemple !
    S'il ne fût point sans perte d'amiraux.

Le feu roulant de tous côtés décide la bataille !
    Le trait , le furibond éclat ?
Domine le rampart où périt le soldat ?
Qui défend en Arabe au roc de la muraille ,
Le salut de son chef , ou le Dey de l'état.

C'en est déjà fait , le vaincu rend les armes !
    Tout les forts sont pris.

L'armée française n'a point connu d'autre prix;
Que celui des lauriers qni voile ses alarmes !
Du milieu du rempart entr'ouvert de débris.

Chaque bataillon suit le festin sublime !
        De ce combat guerrier.
Les faisceaux sont d'airain la palme d'olivier.
Et le trophée Français couronne leur estime ;
        De l'Univers et du monde entier.

Belle Esostrée vous divine lumière?
        Qui brillez au pôle d'Univers.
Vîtes-vous de vos feux ces combats sont les mers.
En portèrent le bruit sur ces autres hémisphères.
Pour étonner le monde de ces hôtes divers.

Le mausolée paru aux armes de la France ?
        Le Français est reçu.
Au milieu du destin de la noire tribu.
Qui lui vaut ses lauriers sa vaillance.
Quand le bruit d'airain eût dit tout est vaincu.

Les forts sont bombardés il n'est plus de représaille.
        Celui d'Alger est brûlé.
        Funeste loi de l'Assaut ordonné.
L'étendart sur le fort flotte sur la muraille.
Et commande au héros le triomphe vengé.

L'Arabe est donc soumis sur Alger indocile.
        On ne peut trop gouverner.
        Mais le vainqueur connaît l'art de son foyer.
Et dès l'instant Algériens et la ville.
Sont rendus d'enthousiasme aux travaux du guerrier.

ALBONI, auteur,

www.ingramcontent.com/pod-product-compliance
Lightning Source LLC
Chambersburg PA
CBHW061414170626
46811CB00005B/1993